ⓒ 巴布的藍色時期

文　圖　瑪莉安·杜莎
譯　者　柯倩華
責任編輯　郭心蘭
美術設計　林佳玉　陳智嫣
發 行 人　劉振強
發 行 所　三民書局股份有限公司
　　　　　地址　臺北市復興北路386號
　　　　　電話　(02)25006600
　　　　　郵撥帳號　0009998-5
門 市 部　(復北店)臺北市復興北路386號
　　　　　(重南店)臺北市重慶南路一段61號
出版日期　初版一刷 2019年10月
編　　號　S859011

行政院新聞局登記證局版臺業字第○二○○號

有著作權·不准侵害

ISBN 978-957-14-6707-8 (精裝)
http://www.sanmin.com.tw 三民網路書店
※本書如有缺頁、破損或裝訂錯誤，請寄回本公司更換。

獻給傑克

# 巴布
## 的藍色時期

瑪莉安·杜莎／文圖

柯倩華／譯

三民書局

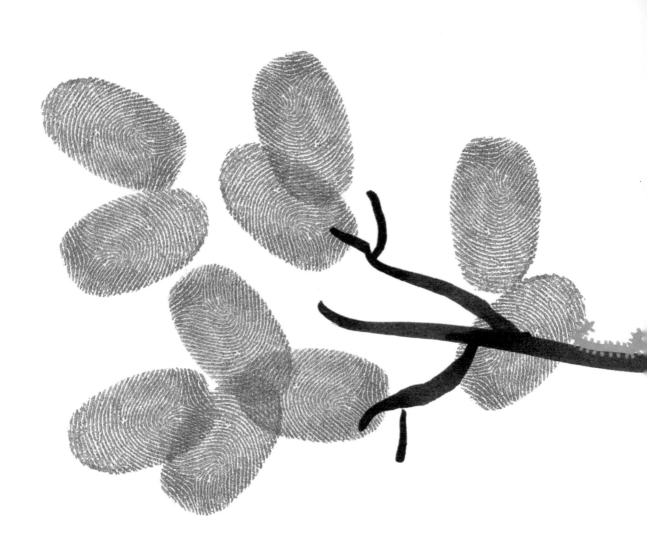

巴布和蝙蝠是最要好的朋友。

他們無論做什麼，都在一起。

他們最喜歡一起畫畫。

可是有一天，巴布到處都找不到蝙蝠，
只看到他留下的字條。

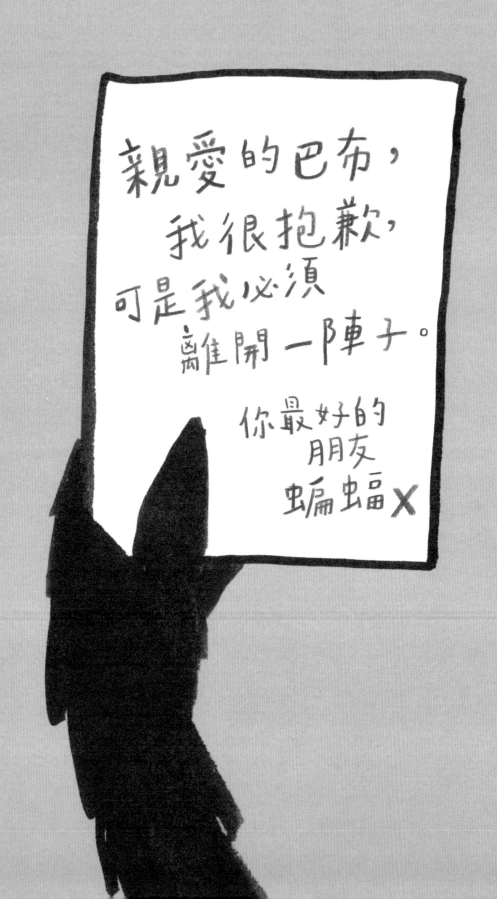

最好的朋友不在身邊，
讓巴布覺得很失落。

「不如我來畫畫吧。」巴布說。

於是，他畫了香蕉，
是藍色的香蕉。

他畫橘子，
是藍色的橘子。

他畫樹，
是藍色的樹。

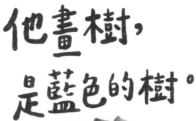

結果，不管他畫什麼，
都是藍色的。

蝙蝠留下的空位，
好像破了一個藍色的大洞。

貓頭鷹和貓請巴布畫
他們的肖像。

「蝙蝠在哪裡？顏色怎麼都不見了？」其他的鳥小聲說。

「噗……呼」貓頭鷹在發抖。

2

貓戴上新帽子和新領結。「我準備好了。」他緊張的說。

巴布畫了貓。

「噢，天啊！
輪到我了！」
貓頭鷹說。

巴布畫了貓頭鷹。

「我們一定要想想辦法！」
其他的鳥大聲說。

他們想到一個點子。

「巴布！
你一定要
去看看那個！」
他們抓著巴布，
衝出門去。

他們走進黑夜裡。

「我們要去哪裡？」
巴布問。

他們走進黑夜裡。

〈我們快到了嗎?〉巴布懇求。

他們抵達山頂的時候，
太陽正好升起來。

「哇！
這是誰畫的！」
原來他已經忘了世界上還有很多
美麗的顏色。

巴布很興奮，也很累，回到家就睡了。

他的夢裡有很多很多
顏色。

巴布醒來的時候，
感覺很不一樣。

這時候一張明信片
掉進信箱。

「蝙蝠要回家了！」
巴布大喊。

親愛的巴布，
我在一個舒服
　又潮濕的黑洞裡
睡了很長的一覺。
　我真的很想念你，
我現在覺得
　好多了，正在回家
　的路上。
　你最好的
　　朋友
　蝙蝠X

大藝術家巴布
貝瑞巷2號
英國

然後，他打開門，蝙蝠就在他面前……
「你有收到我的明信片嗎？」蝙蝠問。

所有的朋友都來參加盛大的派對，
慶祝蝙蝠回家。

歡迎蝙蝠回家

現在，巴布的世界
又充滿了很多很多顏色。

他畫的草地是綠色的，
他畫的橘子是橘色的，
他畫的香蕉……

嗯，誰說你不能把香蕉
畫成你喜歡的顏色呢！

「我很喜歡
你的藍色
時期。」